U0476538

福州格致中学教育教学成果学生作品

挟弹集

王子铭 著

海峡出版发行集团 | 海峡文艺出版社

图书在版编目(CIP)数据

挟弹集/王子铭著. —福州：海峡文艺出版社，2024.2
ISBN 978-7-5550-3691-3

Ⅰ.①挟… Ⅱ.①王… Ⅲ.①诗词－作品集－中国－当代 Ⅳ.①I227

中国国家版本馆 CIP 数据核字(2024)第 023761 号

挟弹集

王子铭　著
出 版 人　林　滨
责任编辑　蓝铃松
编辑助理　吴飔茉
出版发行　海峡文艺出版社
经　　销　福建新华发行(集团)有限责任公司
社　　址　福州市东水路 76 号 14 层
发 行 部　0591－87536797
印　　刷　福州印团网印刷有限公司
厂　　址　福州市仓山区十字亭路 4 号金山街道燎原村厂房 4 号楼
开　　本　787 毫米×1092 毫米　1/32
字　　数　50 千字
印　　张　4
版　　次　2024 年 2 月第 1 版
印　　次　2024 年 2 月第 1 次印刷
书　　号　ISBN 978-7-5550-3691-3
定　　价　35.00 元

如发现印装质量问题，请寄承印厂调换

目录

● 莫愁前路无知己

五律·答友人索句 …………………………………… 3
浣溪沙·席上醉赠友人 ……………………………… 4
七绝·题《我们仨》赠友人 ………………………… 5
七绝·别友人 ………………………………………… 6
七律·春暮怀友人 …………………………………… 7
七绝·夜招旧友席上留别题赠 ……………………… 8
古风·登山赠友人 …………………………………… 9
五律·过友人不遇 …………………………………… 10
凤凰台上忆吹箫·毕业席上留别 …………………… 11
五古·与林兄射箭戏仿晋宋意为赠 ………………… 12
七律·席上留别 ……………………………………… 13
七绝·送尼日利亚友人 ……………………………… 14
七律·重游江滨赠友人 ……………………………… 15

七律·武汉席上留别 …………………………… 16

● 此情可待成追忆
七绝·遣怀题赠故人 …………………………… 19
七律·初夏伤春遣怀 …………………………… 20
声声慢·离情 …………………………………… 21
五律·咏春树 …………………………………… 22
菩萨蛮·遣愁 …………………………………… 23
七绝·春日即事 ………………………………… 24
七律·无题（一） ……………………………… 25
七律·无题（二） ……………………………… 26
七绝·偶逢故人题赠 …………………………… 27
蝶恋花·题冬暮残花 …………………………… 28
七绝·无题 ……………………………………… 29
蝶恋花·题落花并记 …………………………… 30
满庭芳·再题落花 ……………………………… 33
诉衷情·夜兴视明星有烂题赠故人 …………… 34
风入松（春风吹雨过西楼） …………………… 35
行香子·理旧衣忆故人 ………………………… 36
巫山一段云·题故人小照 ……………………… 37
七绝·题故人小照 ……………………………… 38
惜分飞·本意 …………………………………… 39

七绝·题《草叶集》赠故人 …………… 40

五律·答故人 …………………………… 41

七绝·长夏即事答故人 ………………… 42

一半儿·游园即事（二首） …………… 43

汉宫春 …………………………………… 44

满庭芳 …………………………………… 45

祝英台近·不寐 ………………………… 46

莺啼序·四时相思 ……………………… 47

鹧鸪天（一曲清宵别后凉） …………… 49

七绝·七夕夜寄友人（二首） ………… 50

鹧鸪天·饮席上拈令得赠席上丽人题 … 51

贺新郎（渐残落叶后） ………………… 52

● 松下清斋折露葵

七绝·题写白菜图 ……………………… 55

七律·题家院种树 ……………………… 56

七律·春日（一） ……………………… 58

七律·春日（二） ……………………… 59

七律·遣怀 ……………………………… 60

七绝·访于山九仙观不值 ……………… 61

七绝·十二指肠溃疡 …………………… 62

七律·画梅 ……………………………… 63

七律·客中秋夕即事	64
七律·秋夕登高	65
七律·题新买书	66
七律·夏日闲居即事	66
五绝·山中暮雨	68
七绝·寓泉州即事	69
七绝·春雨	70
沙碛子·中夜骤雨醒作并记	71
五绝·山中暮雨	73
倒垂柳·闲居即事	74
点绛唇（旧曲新歌）	75
解语花（霜凝远雾）	76
浣溪沙·十八日台风初晴	77
七绝·与友步真学楼逢朱李	78
七绝·梦中得句改诗	79
五律·夏日闲居即事	80
七律·雨中游黄鹤楼口占	81
七律·四月永泰即事	82
七绝·雨中登白云阁	83

● 读书本意在元元

八声甘州·赋得雷锋精神	87

古风·赋得雨 …………………………… 88

七律·读抗日战争史 …………………… 90

七律·读史有怀 ………………………… 91

● 稚子敲针作钓钩

七律·咏物分题赋得鸡 ………………… 95

鹤冲天·质检后作 ……………………… 96

忆少年·拟十八相送祝英台作 ………… 97

七律·冬夜病中 ………………………… 98

七绝·题墨竹扇面 ……………………… 99

咏史二首 ……………………………… 100

    七律·伍子胥 …………………… 100

    七律·吴三桂 …………………… 100

七律·戏撰加减汤剂 ………………… 103

七绝·读《三国志·三嗣主传》 …… 105

七律·咏手 …………………………… 106

诗钟分咏格三联 ……………………… 108

    东坡/肉 …………………………… 108

    金瓶/梅 …………………………… 108

    泰山/桃 …………………………… 108

七律·咏蟹 …………………………… 109

五律·夏日戏为五律 ………………… 110

七绝·读史南史列传之七十贼臣传侯景 111
七绝·武汉长江大桥夕望 112

● 附　录
　斗象棋檄 115

莫愁前路无知己

五律·答友人索句

摇摇乔木尽①,渺渺短槎迢。
沧海极天远,乡园入梦遥。
玄猿泣巴蜀,白鸟度重霄③。
但有怀德志②,何妨慰寂寥。

【注释】

①乔木尽:乔木是故国之思的意象。《孟子·梁惠王下》:"所谓故国者,非谓有乔木之谓也,有世臣之谓也。"《论衡》:"观乔木,知旧都。"本诗是写给异国的友人,答其索句,故以此下笔破题。

②怀德志:《论语·里仁》:"子曰:'君子怀德,小人怀土;君子怀刑,小人怀惠。'"这里是束题,升华诗歌主旨,再扣住"答",对友人表示希冀。

浣溪沙·席上醉赠友人

梦里昏昏醒里沉,思君何事不见君?呼朋共尽酒一樽。　　白雨遮头天作伞,青松扶步地如云①。主人道是醉已深。

【注释】

①辛弃疾词:"昨夜松边醉倒,问松我醉何如。只疑松动要来扶,以手推松曰去。"

七绝·题《我们仨》赠友人

鹧鸪啼罢子规叽,泣向东风唤不回。
记取故国乔木处,归来驻马叹轻肥①。

【注释】

①《论语·公冶长》:"子路曰:'愿车马衣裘,与朋友共,敝之而无憾。'"杜甫《秋兴八首》:"同学少年多不贱,五陵裘马自轻肥。"

七绝·别友人

辗转年年若梦中,榴花还似旧时红。
相逢彻夜须同醉,别后得听几晓钟。

五律·春暮怀友人

别后伤春暮,思君意几何?
轻裘何日共,世味已先薄。
韶景销将尽,悲辛潜更多。
知交逢渐少,相顾不堪说。

七绝·夜招旧友席上留别题赠

风翻帘幕汤初沸,劝客持觞尽一杯。
别后多逢中夜雨,空阶滴彻人不归。

古风·登山赠友人

远岫罕轮迹,与世渐冥冥①。
邀朋春渐暖,踏雾山初明。
露重枝高下,泥深路曲平。
松横客径窄,寺古鸟声鸣。
溪逐山隙转,泉畔林竹清。
傍石多白芷,中谷生黄精。
搴兰衣荷芰,扫露餐菊英②。
芰荷不可衣,太息欲长行。
行行何处是,遂迷向来情。

【注释】

①冥冥:渺茫。陶渊明诗:"闲居三十载,遂与尘事冥。"

②《离骚》:"制芰荷以为衣兮,集芙蓉以为裳。"又:"老冉冉其将至兮,恐修名之不立。朝饮木兰之坠露兮,夕餐秋菊之落英。"

挟弹集

五律·过友人不遇

晴日湖东路信步访友人不遇,因留短简。

相访多晴日,湖东草木深。
一轩香带露,满苑红逐尘。
欲隐携花帚,临山羡鹿门[①]。
折枝聊寄子,何处不逢春。

【注释】
①鹿门:后汉庞德公携妻子登鹿门山,采药不返。后因用指隐士所居之地。这里再承诗意,表达隐逸之思。

凤凰台上忆吹箫·毕业席上留别

书剑凋零，纶巾尘满，一年又是新秋。长记得、呼爹唤子，歌酒红楼。凭栏望江水处，到如今，尽日东流。为携去，豪谈壮语、旧恨新愁。　　相别殊途此去，何时更，相逢作竟日游？且试看、星芒越剑，寒水吴钩。万里河山烂漫，待我辈、收拾从头。尊前事，也拟报国封侯。

五古·与林兄射箭戏仿晋宋意为赠

南陆①长日久,居与世相违。消暑无可遣,故人犹堪追。忽闻客造门,为我开荆扉②。云有金雕弓,或睹凤凰飞。又有青翎箭,一一生嘉辉。寻迹入山阿,云逐午气归。持弓泰山重,拈箭流星飞③。经行偶来雉,随岸即汎溪。数射足佳兴,箭囊亦已希。四合连疏树,寥落归鸟迟。复有林间风,飘飘吹客衣。流观感物我,得此复何悲。依然谢主人④,馀情俱可挥。

【注释】

①南陆:夏天。《后汉书·律历志》:"日行北陆谓之冬,西陆谓之春,南陆谓之夏,东陆谓之秋。"

②就"故人"眼中写出,以下"云有"数句亦然。

③射箭讲究"前推泰山,发如虎尾",杨惟明《射学指南》:"法曰:'前手如托泰山',言其用力推弓也;'后手如拔虎尾',言其一拔就出也。"泰山重,是说持弓之稳;流星飞,是说箭矢之疾。所以清人小说往往说:"左手如托泰山,右手如抱婴孩",也是这个道理。

④江淹《别赋》:"惟世间兮重别,谢主人兮依然。"谢,告别。

七律·席上留别

连云肥雨才轻放,相见拚须醉饱同。
劝客好将青口贝,衔杯①来飨白头翁。
约期浑似江南雪②,离恨翻如塞北蓬。
踟蹰归途长记别,分手又作马牛风③。

【注释】

①衔杯:饮酒。

②江南雪:极写约期渺茫。白居易《真娘墓》:"难留连,易销歇,塞北花,江南雪。"

③马牛风:出自《左传》,"君居北海,寡人居南海,唯是风马牛不相及也。"

七绝·送尼日利亚友人

送客不知身是客,伤逢嗟别两依依。
归帆借问驻留处,异国江天记莫违。

七律·重游江滨赠友人

尊前漫说十年事，指点楼台望欲迷。
万里孤城连暗树，一江馀日映荒堤。
黄菊对酒开数朵，绿鬓因霜繁几丝。
共醉今宵须纵笑，不知明夜复何栖。

七律·武汉席上留别

客武汉，与同寓夜饮，倾盖如故。作以赠。

客乡逢处不须识，留醉邀欢鬓未丝。
飞雁传鱼难尽泪，衣尘细雨①亦堪诗。
纵情且缓黄金带，劝客同倾绿酒卮。
吊影秋蓬犹有际，强移离恨说后期。

【注释】

①衣尘细雨：尤袤《全唐诗话》："（唐昭宗时）相国郑綮，善诗。或曰：'相国近为新诗否？'对曰：'诗思在灞桥风雪中驴子上，此何以得之？'"陆游诗："衣上征尘杂酒痕，远游无处不销魂。此身合是诗人未？细雨骑驴入剑门。"

此情可待成追忆

七绝·遣怀题赠故人

淮上秋山①那可念,河阳②春水欲生时。
相逢莫问扶归事,枉怨东风到已迟。

【注释】

①淮上秋山:韦应物《淮上喜会梁州故人》:"江汉曾为客,相逢每醉还。浮云一别后,流水十年间。欢笑情如旧,萧疏鬓已斑。何因不归去?淮上有秋山。"藉此劝慰故人,请不必被"淮上风光"耽误,还是归来吧。

②河阳:《白氏六帖》:"潘岳为河阳令,种桃李花,人号曰:河阳一县花。"庾信《春赋》:"河阳一县并是花,金谷从来满园树。"江淹《别赋》:"又若君居淄右,妾家河阳,同琼佩之晨照,共金炉之夕香。"兹录三条,前两条是惯用的"河阳"典故的出处,这里不过藉指春天罢了。后一条《别赋》的典故,是借用"君结绶兮千里"的意思,表示春天已到,而故人不归。

七律·初夏伤春遣怀

岁岁伤春不自知,东风未觉去移时。
多情柳叶牵人泪,薄幸杨花绊客衣。
长日虚消兰炷①尽,离愁空怅晓钟迟。
难堪最是寻芳路,满苑阴深结子低。

【注释】

①兰炷:线香的美称。欧阳修词:"红纱未晓黄鹂语,蕙炉销兰炷。"

声声慢·离情

人间何事？欲问春风，争教恁地多情。算来别愁离恨，晓角寒更。到今几多啼泪？剩当时、残绿流莺。唤不醒、少年将尽梦，又到中庭。　　犹怜章台柳色①，吹尽也、重寻旧路楼亭。纵有华年无限，更为谁青？相逢无期此去，怎消得、水落山零。便应问、楚些②离魂里，可见精灵？

【注释】

①章台柳色：许尧佐《柳氏传》："韩翃有姬柳氏，以艳丽称。韩获选上第归家省亲；柳留居长安，安史乱起，出家为尼。后韩为平卢节度使侯希逸书记，使人寄柳诗曰：'章台柳，章台柳，昔日青青今在否？纵使长条似旧垂，亦应攀折他人手。'"

②楚些：《楚辞·招魂》皆有"些"字，称楚些，后因以"楚些"指招魂歌。

五律·咏春树

年年归燕子,岁岁看新晴。
露重疏条坠,风多弱质惊。
往来枝有意,迎送鸟无情[①]。
摇落[②]谁堪问,怜卿绪纵衡[③]。

【注释】

①《青楼诗话》载薛涛年幼时诗二句:"迎南北鸟,叶送往来风",此句即出此。

②摇落:凋残,零落。庾信《枯树赋》:"沉沦穷巷,芜没荆扉,既伤摇落,弥嗟变衰。"

③纵衡:衡同横,即纵横。绪纵横,即思绪多、杂乱。左思《吴都赋》:"钩饵纵横",就是说吴都的三江之中钩饵极多。

菩萨蛮·遣愁

　　而今懒问寻春路，啼痕酒唾沾无数。陌上绿初匀，门前花又新。　　关山寒彻骨，雁去应难度。唯有数行诗，欲达也无期。

七绝·春日即事

读经寂寞①浑无梦,淡漠春山雨后新。
长日渐觉多忘事,犹疑花色是故人。

【注释】

①读经寂寞:这里指读佛经。

七律·无题（一）

春水欲生犹待雨，东风漫与去年同。
闲愁已伴花痕淡，佳兴空随墨色浓。
惯把多情看泪眼，为谁寻梦到杯中。
习禅逐日读经后，欲忘相别忆相逢。

七律·无题(二)

漫怨东风吹梦醒,相别何事总相逢。
芳期已误寻难遇,佳句吟成寄不通。
霁夜谁怜星色冷,寒宵但有烛影红。
归来莫问诗腰瘦,只在凭栏病酒中。

七绝·偶逢故人题赠

相逢欲问终难问,半是嗟君半自伤。
寒夜梦深忽醒后,细推人事已苍黄。

蝶恋花·题冬暮残花

　　蝶舞蜂狂知何处？落尽春光，又惹西风妒。肠断难消多情句，惜花怎教留花住。　　纵是相逢天已暮，更把红烛，重付殷勤语。芳水薄情轻易负，怜卿此去无归路。

七绝·无题

吴王苑里花长有,倦客几时上秦楼①?
弄玉②而今归无处,箫声吹断凤凰愁。

【注释】

①李商隐的《无题》诗说:"闻道阊门萼绿华,昔年相望抵天涯。岂知一夜秦楼客,偷看吴宫苑内花。"秦楼,见弄玉条注。

②弄玉:《列仙传》载:"萧史者,秦穆公时人也,善吹箫,能致孔雀白鹤于庭。穆公有女字弄玉,好之。公遂以女妻焉,日数弄玉作凤鸣,居数年,吹似凤声,凤凰来止其屋。公为作凤台。夫归止其上,不下数年,一旦皆偕随凤凰飞去。故秦人留作凤女祠于雍,宫中时有箫声而已。"秦楼,即吹箫的楼。

蝶恋花·题落花并记①

我遇见一朵花——在雨里。

遇见她的时候,雨正浓,她斜倚风雨,飘飘摇摇地落着。我短暂地惊呼了,那含着什么感情呢?怜惜吗,或者是悲哀么?为花,还是为了失掉的花呢?

我知道,这一丛花树里,她是最特别的一朵。她慵懒地红艳着,在最高枝上,格外惹眼。仿佛不是雨吹落了她,而是她拥抱着雨。而我却分明看见,她回眸朝我灿烂一笑。那笑是动人的,而又是凄凉的,那是雨里的笑。

"雨洗红姿娇且嫩……"

我不由低吟了。

这低吟的声音很快止住了,仿佛这于她是一种亵渎。我不敢学"梅妻鹤子"的林逋,"幸有微吟可相狎",在这里却是不行的,对她是不行的。这一层薄薄的雨幕,成了她神秘的面纱,我不能掀起这面纱,只好远远望着她婀娜而孱弱的身影。她却很快收回了目光,去欢呼着风和雨的二重奏了。那目光短暂地在我身上停留,让我怀疑这一瞥是否真的存在过。

花树颤抖着，响着风和雨的声音。雨无孔不入，爱抚着，流连着，仿佛要穿透这花树的每一个角落。枝在这里摇动，在这里蔓延，深入雨，缠住，卷住，而风又接着把她推开。她挣扎着，像踏碎了初春的薄冰，又像卷入山深处的泥潭，而风很快就宣布这挣扎无效。薄冰裂的很快，裂纹从河的这一边碎到河的那一边，然后，上游骤然倾泻下的大雨，要把这些薄冰带到桃花初开的江南，她们融化、奔腾、汹涌……

我知道那目光会永远地驻留在桃花初开的江南了。

花接续地落在这苍黑的泥土里，前面落下的花叠着后面落下的花，浅红色叠着深红色。我忽而忆起"可爱深红爱浅红"了。哦！杜甫是幸运的，他看到的还是枝头的深红和浅红，而这里，只有泥土中的深红和浅红了。

我不知哪一片是她，又或许，她根本不在这里。我猜想她是爱干净的，她该不会坠在泥土中吧，而除却了这里，却还有哪里干净呢？

恍惚中，我似乎看见她在枝头的样子。是雨让她离开那里的吗，还是她已经沾染了太多顶枝的尘埃，想要随着风雨，去清洁自己呢？

我释然了。

或许，她本就该离去，而我，一个过路人，至少还暂时拥有了她明丽的生命的一霎。我不愿再寻找她了,花树下的泥中,她在这里等候着,一如我曾经在这里等候着她。这里有无数的她,过去的她和将来的她。她们在泥土里怀抱着雨,而我在细雨中追寻着泥土。

雨已经小下去了,我趁着这小雨,收起了伞。我太久没有淋一场雨——和她共淋的一场雨。

满院西风兼霎雨。准拟芳期①,又把芳期误。嫁与芳尘寻无路,枝头残绿蜂归去。　　应信人间有缘数。道是无缘,何事偏相遇?渺渺他生知何处,此生已作长相负。

【注释】

①这个题目有两首词,一首《蝶恋花》,一首《满庭芳·再题落花》。

②芳期:花期,花期空过,于是雨打落花,花谢花飞。

满庭芳·再题落花

久误东风，佳期又负，沉酣谁共今宵？坠红残绿，付与雨潇潇。纵有巫云楚水，也应念、弱质难消。那堪借，一夜浓醉，好梦再相邀。　　春光都道好，风帘淡酒，暮雨芭蕉。但不见，秾芳翠萼妖娆①。须有馀香当日，而今便、更向谁招。相逢处，江南倦客，杯酒不堪浇。

【注释】

①秾芳翠萼：宋徽宗赵佶《秾芳诗》："秾芳依翠萼，焕烂一庭中。"人人都说春天景致好，却独独不见，当日的花色妖美。

诉衷情·夜兴视明星有烂题赠故人

记得戏语揽星河①,而今与谁说?前尘故纸残梦,都付作南柯。　别未久,恨已多,岁蹉跎。月华流照,清曲新成,击缶相歌。

【注释】

①旧时指星相祝作戏语,故有是语。

风入松

春风吹雨过西楼。云晚凝愁。相逢到处都如旧,长记得、一晌温柔。算有残云霞影,多情都便休休①。

江南花里学风流。料难回头。去年莺燕知何处?剩小桃,翠减红留。说与兰烟莫管,任伊欲语还羞。

【注释】

①休休:就算了吧。李清照《凤凰台上忆吹箫》:"休休,这回去也!"晏几道《醉落魄》:"休休莫莫,离多还是因缘恶。"

行香子·理旧衣忆故人

旧酒馀杯,新露残寒,寻余香、留上罗衫。雕车画舫,灯影摇船,正手儿滑,心儿乱,意儿甜。
去年长街,今年清月,更与谁、素手调弦?重拂花笺,看向灯前,剩风声淡,雨声慢,人声喧。

巫山一段云·题故人小照

鹅颈香汗腻，柔荑玉笋酥①。蛾眉淡扫点唇朱，霞上雪肌肤。　　移步惊飞鸟，低头牵紫襦。望郎欲语怯阿母②，去去意踟蹰。

【注释】

①柔荑、玉笋：都是手的代称。《诗经·硕人》："手如柔荑，肤如凝脂。"韩偓《咏手》："腕白肤红玉笋芽，调琴抽线露尖斜。"《西厢记》："翠裙鸳绣金莲小，红袖鸾销玉笋长。"细说的话，玉笋是指掌，柔荑大概专门描写手指，写手的白、嫩、干、温、香、软，六美俱绝。

②母，词林正韵归平声韵，如福州话讲"伊姆"，是老太太，所谓"姆"念平声，粤语念"mōu"（阴平声），与中古音的明母厚韵大抵接近。

七绝·题故人小照

故人立在霞中读书，留影一张，题照以遗。

迟日初斜树影疏，飞霞满径立读书。
深庭秋暖花犹媚，相较卿卿①总不如。

【注释】

①卿卿：爱称。花和人比起来，当然是人的容颜更艳丽了。

惜分飞·本意①

此恨算来无尽数。有多少、佳期空误。暗把春风度,一时已、横塘飞絮。　　小桃曾嫁东风去。又五月、莲心正苦。百计休记取,偶相遇、却添愁绪。

【注释】

①本意:即用词牌名的本意,在词牌名下注"本意"的,词牌即为词题。

七绝·题《草叶集》① 赠故人

肠断诗中无限泪,销魂句外有余情。
拟将梦眼轻狂看,持去仙葩堪遗卿。

【注释】

① 《草叶集》:美国诗人惠特曼的诗集。

五律·答故人

久绝秦楼梦①,那堪折杞②讥。
交逢渐多忘③,感旧日逐稀。
玄鬓④悲高木,白头怅故知⑤。
风光淮上好,不敢问归期⑥。

【注释】

①秦楼梦:《列仙传》载:"萧史善吹箫,作凤鸣。秦穆公以女弄玉妻之。"故李商隐有诗:"岂知一夜秦楼客,来看吴王苑内花。"

②折杞:《诗经·卫风》:"将仲子兮,无逾我里,无折我树杞。"折,入声。

③拗句,本句三拗四救,第三字仄,第四字用平声救,属句内自救。

④玄鬓:指蝉的翅膀,是蝉的别名。

⑤葛洪《西京杂记》卷三:"相如将聘茂陵人女为妾,卓文君作《白头吟》以自绝相如,乃止。"怅,使动用法。这里不必理解成白头吟的白头,另作理解,合乎诗意,大概也是可以的。

⑥淮上风光,参见《七绝·遣怀题赠故人》的注释。

挟弹集

七绝·长夏即事答故人

红萼香销柳叶残,桑阴分绿入浅滩。
小桃自嫁东风后,未肯教人着意看①。

【注释】

①"红萼",红色(凋零的),"柳叶""桑阴",绿色。首句写的初夏的大画面,在松弛的笔墨中,刻意地勾勒出了一点色彩,尤其形成了一点色彩的对比。次句从大画面中点出"小桃自嫁东风后",把花的飘落说成是嫁与东风的花,不肯让人近观了。这里别有"答"的意蕴。李贺诗"可怜日暮嫣香落,嫁与春风不用媒。"张先《一丛花》词:"沉恨细思,不如桃杏,犹解嫁东风。"

一半儿·游园即事（二首）

游园来迟，戏为此赠友人。

其一

枝头小杏半不开，未解然疑①心试猜。拟问郎时恼满腮。望郎来，一半儿念他一半儿怪。

其二

候郎不至弄芳枝，欲理春衣却徘徊。郎问低眉头不回。怨郎迟，一半儿含嗔一半儿喜②。

【注释】

①然疑：犹疑。《山鬼》："山中人兮芳杜若，饮石泉兮荫松柏，君思我兮然疑作。"

②其一写的是郎未至时，其二写的是郎已至时。按：一半儿，是曲牌名，略近于《忆王孙》的词牌，出现的时间大概较晚，末一句"一半儿、一半儿"是定格。

汉宫春

黯黯江风，尽浮烟沉翠，偶著花丝。缠成若许别怀，一点愁思。开残红树，试相问、有谁堪惜。量此际、馀情欲寄，更无人教相知。　　长记寻春好处，算青青柳色，早损芳姿[①]。销魂怕说旧事，重误佳期。离情寸缕，且付作、宛转新词。檀板教、漫招红袖，依稀似旧时眉。

【注释】

①韩翃《章台柳》："章台柳，章台柳，往日依依今在否？纵使长条似旧垂，也应攀折他人手。"

满庭芳

　　锦字织诗,回文新曲①,音书欲寄还休。传知归雁,最是莫淹留。漫说佳期好处,几番误、倦客秦楼②。尊前教,重斟绿酒,满酌任清讴。　　东风都似旧,吹残丝柳,落尽红榴。剩此身狂荡,更倩谁收?须信相思无味,争抵得、夜久风愁。从今算,清宵好梦,合只在西洲③。

【注释】

　　①按李善注《别赋》:"窦韬秦州,被徙沙漠,其妻苏氏。秦州临去别苏,誓不更娶,至沙漠便娶妇,苏氏织锦端中,作此回文诗以赠之。符国时人也。"符国,前秦苻坚时人。晏几道词:"回纹锦字暗剪,谩寄与、也应归晚。"

　　②这是责怪"归雁"的话,传来的书中漫自说佳期浓美,误了秦楼倦客。秦楼典见列仙传。

　　③西洲:乐府《西洲曲》:"忆梅下西洲,折梅寄江北……海水梦悠悠,君愁我亦愁。南风知我意,吹梦到西洲。"

祝英台近·不寐

　　月痕清，花色淡，相对更无语。一样长宵，又把成空度。灯前漫算佳期，此时思量，悔轻放、东风归去。　　别魂处。几夜好梦淹留，一一都难数。生负多情，多情却轻许。镜里闲恨纤愁，对人休说，只道是、怕经馀暑。

莺啼序·四时相思①

春屏细香乳鹊，系垂丝翠缕。深锁住、薄雨残花，落红飞絮如许。无情最、檐前燕子，山遥水远今番去。待他乡月下，那堪更说私语。　　吹细荷风，摇软江棹，对午阴嘉树②。索思睡、尽日昏昏③，昼长风晴无绪。拟题将、新诗锦字，倩谁为、偷传幽素。且暂封，泪写吴笺，吟听鹦鹉。　　红兰初坠④，清漏乍长，中宵怅难数。算别后、相思一点，未肯消得，减损诗腰，立彻风露。别魂都染，霜华草色，柔愁无限须知重。恰团栾⑤、月教离肠苦。江州泪眼，权把潦草幽欢，当了多情凭据⑥。　　轻寒侵醉，冷雨敲窗，对暗香深户。欲重理、销魂词句。觅旧邀愁，诗迹犹在，暗壁尘土。阳台梦寂，湘山云散，多时方信欢无价⑦？剩疏寒，还笼章台路⑧。而今老却何郎⑨，只恐此身，竟无逢处。

【注释】

①莺啼序是词牌中最长的，共四叠。四时相思，时间上是四季的推进，是别离的日久，情绪上是情感的加深，是从闲愁

到深愁。

②周邦彦《满庭芳》："风老莺雏，雨肥梅子，午阴嘉树清圆。"

③《西厢记》："这些时坐又不安，睡又不稳，我欲待登临又不快，闲行又闷。每日价情思睡昏昏。"这是崔莺莺的唱段，写闺中闲愁离情。

④红兰初坠：红兰的叶子因露沉坠，是秋天到来。晏殊："一叶秋高，向夕红兰露坠。"

⑤团栾：圆貌，即圆月。

⑥晏几道："草草幽欢能几度，便有系人心处。"此是得意句。

⑦阳台：宋玉《神女赋》："楚襄王与宋玉游于云梦之浦，使玉赋高唐之梦。其夜玉寝，果梦与神女遇，其状甚丽，玉异之。"

⑧章台路：见《汉宫春（黯黯江风）》注。

⑨何郎：何逊。南朝何逊早年任扬州法曹时，廨舍有梅花一株，常吟咏其下。后居洛思之再往，抵扬州，花方盛片，逊对树彷徨终日。姜夔《暗香》："何逊而今渐老，都忘却、春风词笔。"

鹧鸪天

　　一样清宵别后凉,云屏深锁小山①长。诗襟惯惹月魂冷,衣带犹沾花泪香。　　笙数曲,泪千行。曾调银字②在罗窗。罗窗剩有多情梦,梦里逢时枉断肠。

【注释】

　　①小山:画屏上画的山。温庭筠《菩萨蛮》:"小山重叠金明灭,鬓云欲度香腮雪。"

　　②银字:笙管上以银作字表示音调的高低,这里借指笙。蒋捷《一剪梅》:"何日归家洗客袍?银字笙调,心字香烧。"

七绝·七夕夜寄友人（二首）

七夕夜谈，云福州人是日吃蚕豆，因触怀。

其一

汉水荆山萦客思，别情祗恐过佳期。
漫留枕上离魂泪，梦雨荒台知复谁。

其二

绮愁深恨枉将裁，明月金风为底开？
蚕豆黄时人何处，湿封锦字寄深怀。

鹧鸪天·饮席上拈令得赠席上丽人题

欢宴狼藉似梦中，衣尘沾彻唾痕红。人如弄玉精神冷，醴较新丰①滋味浓。　　诗半首，酒千钟。重将醉眼看花容。凡间未许仙卿到，疑是瑶台月下逢②。

【注释】

①新丰：镇名。在今江苏丹徒县，产名酒，泛指美酒产地。庾信《春赋》："移戚里而家富，入新丰而酒美。"

②瑶台是传说中的神仙居所，这是极言丽人之美。李白《清平乐三首》："若非群玉山头见，会向瑶台月下逢。"

贺新郎

渐落残红叶。惜琼花、纷飞都尽,顿辜佳节。斜照桥边酒旗暮,依旧西风凄切。倚桥处,晚香乍歇。黄菊重逢开又老,剩霜枝,留听蝉声咽。声暗恨,更谁说。　　几家帘幕钩秋月。叹今宵、知谁梦里,悔逢伤别。虚说霜前传南雁,误却水长天阔①。寂寞教、相思愁绝。衰柳枯杨摇落后,也无人、向别时攀折。窗下但,夜啼鹝②。

【注释】

①杜甫诗:"殊方日落玄猿哭,故国霜前白雁来。"这是说枉说有南雁传来音讯,谁知道水阔天长,何时得到。

②鹝:伯劳鸟。《西洲曲》:"日暮伯劳飞,风吹乌白树。"萧衍:"东飞伯劳西飞燕,黄姑织女时相见。谁家女儿对门居,开颜发艳照里间。南窗北牖挂明光,罗帷绮箔脂粉香。"《孟子·许行》:"今也南蛮鴃舌之人,非先王之道。"鹝即鴃。

松下清斋折露葵

七绝·题写白菜图

淡饭生涯岁渐深,野蔬黄齑①便甘心。
家贫日日不沾酒,只把咸粥对菜根。

【注释】

①黄齑:腌咸菜。

七律·题家院种树

满苑手栽金谷树①,飘摇亦有一半枯。
披寒腊②里枝先落,侵暑伏中③叶欲舒。
戒露④秋高闻鹤泪,凭渊春晚待骊珠⑤。
而今莫问封侯事,总在东家种树书⑥。

【注释】

①金谷树:晋石崇有别墅金谷园,极为优雅、宏丽,石崇邀请宾客在园中饮酒赋诗,为一时盛会。庾信《春赋》:"河阳一县并是花,金谷从来满园树。"

②披寒:在寒冷的气候中,谢宗可《渔蓑》:"苔矶夜泊披寒去,苇岸昏归带湿收。"腊,腊月,即冬天。

③伏中:三伏期间,即夏季。腊、伏,分别是冬季和夏季,杜甫诗:"岁时伏腊走村翁。"前一句是对树的直接照相式的叙写,这里是从时序的角度,摹写夏季和冬季树的状态。

④戒露:晋·周处《风土记》:"鸣鹤戒露。此鸟性警,至八月,白露降,流于草上,滴滴有声,因即高鸣相警,移徙所宿处。"庾信被困北朝所写的《小园赋》说:"况乃黄鹤戒露,非有意于轮轩。"后一句用的是春秋时卫懿公好鹤,给鹤乘坐轩车的典故。这里用此典故,是说秋天鹤栖息在树上。所

谓"鹤泪",鹤在秋风中哭泣是因为求索功名,耽误了春天回家的时节。前面所讲"非有意于轮轩"也是借用了这个意思。这里说"戒露秋高闻鹤泪",说的是鸣鹤高洁,本无意于功名,困顿不得志中,也不能不有"鹤泪"了。

⑤骊珠:骊龙的宝珠,《庄子·列御寇》:"夫千金之珠,必在九重之渊,而骊龙颔下。"待骊珠,当然是等待着骊龙的宝珠,诗意自明,不必赘言。这两句写的是春秋之际的树木,情感上比上两句又进一个层次。

⑥辛弃疾的《鹧鸪天·有客慨然谈功名,因追忆少年时事》说:"追往事,叹今吾,春风不染白髭须。却将万字平戎策,换得东家种树书。"这里诗歌的情感又进一步了,是直接的情感抒发。

七律·春日（一）

春来烟景为谁裁，到处人家尽蓬莱①。
花色才添金谷树②，鸟声已啭越王台③。
新絮未解因风落，小桃也学对客开。
白日黄鸡④浑似梦，暂携清酒访山梅。

【注释】

①蓬莱：蓬莱山，古代传说中的神山名，泛指仙境。

②金谷树：见前一首的注①。

③越王台：在绍兴，相传为春秋时越王勾践登临之处。窦巩《南游感兴》："日暮东风青草绿，鹧鸪飞上越王台。"越王台寄寓着古今兴废的感受。领联两用典故，庶几有丰厚诗歌的纵向深度的效果。

④白日黄鸡：白居易《醉歌示妓人商玲珑》诗："罢胡琴，掩秦瑟，玲珑再拜歌初毕。谁道使君不解歌，听唱黄鸡与白日。黄鸡催晓丑时鸣，白日催年酉前没。腰间红绶系未稳，镜里朱颜看已失。玲珑玲珑奈老何，使君歌了汝更歌。"黄鸡催日、白日催年，指虚度时光。

七律·春日（二）

昼气阴晴逐日暖，寻花处处尽芳期。
枕边暂纳书为妾①，醉里权扶酒作妻。
随看东风呼共饮，更拈南果赋新诗。
春光到处知相似，欲访白鸥已不疑②。

【注释】

①书堆床头，故有是语。

②《列子》："海上之人有好沤鸟者，每旦之海上，从沤鸟游，沤鸟之至者百住而不止。其父曰：'吾闻沤鸟皆从汝游，汝取来，吾玩之。'明日之海上，沤鸟舞而不下也。故曰，至言去言，至为无为。齐智之所知，则浅矣。"王维诗："野老与人争席罢，海鸥何事更相疑。"这一寓言意思大致近乎庄子所说的"嗜欲深者天机浅"。

松下清斋折露葵

七律·遣怀

漫磨残墨凝香冷,书砚生涯半梦中。
竹影人腰同样瘦①,酒痕花色一般红。
窗前霜月凭他淡,池里春风为底浓?
笔塚②渐高诗渐老,推敲清句到晨钟。

【注释】

①杨万里诗:"大儿叫怒小儿啼,乃翁对竹方哦诗。诗人与竹一样瘦,诗句与竹一样秀。"此即化此。

②笔塚:即笔冢。李肇《唐国史补》卷中:"长沙僧怀素好草书,自言得草圣三昧,弃笔堆积,埋于山下,号曰'笔冢'。"

七绝·访于山九仙观不值

仙门深锁渐生苔,一脉青峰接岫开。
山鸟避人归无迹,流云远来到此回。

七绝·十二指肠溃疡

十二指肠溃疡,医嘱禁酒,禁辛辣,禁冷饮,餂以流食半流食两周。

但为肝肠一寸断,餐餐因病饷清蔬。
而今竹叶①已无分,何物堪消夜读书②?

【注释】

①竹叶:即竹叶酒,这里是借代的用法。杜甫《九日》:"竹叶于人既无分,菊花从此不须开。"

②苏舜卿以书下酒,"每夕读书,以一斗为率。"按,平水韵,读属二十六宥去声,为仄声字。

七绝·画梅

友人画梅一幅,因题画。

寒春未解劝客留,别雨还如别日愁①。
槛②外梅花天外雪,思君一夜便白头。

【注释】

①出句第六字拗,对句第五字用平声救(按中华新韵,别归平声)。

②槛:读 jiàn,栏杆。

七律·客中秋夕即事

西陆①寒声惊客梦,晨昏晓夜渐相侵。
鸣蛩窗下听悲唱,垂柚②庭中动短吟。
少雨潭间潦水③浅,多风江上落木深。
年年漫揾伤秋泪,潘鬓④因霜染更新。

【注释】

①西陆:太阳运行在西方七宿的区域,《左传·昭公四年》:"古者日在北陆而藏冰,西陆朝觌而出之。"后以之指秋天。

②垂柚:即"垂橘柚"。杜甫《禹庙》:"荒庭垂橘柚,古屋走龙蛇。"橘柚,大禹治水后南方以橘柚包茅进贡,典出《尚书》。明黄衷诗:"定知沙坞上,枳柚乱垂黄。"单人耘诗:"夜半风啸竹,草堂雨垂柚。"清吴绮《高阳台》:"霜柚垂金,烟霞泛碧,人间又满清秋。"

③潦水:雨后的积水,秋天雨少,因此潦水逐渐变浅。王勃《滕王阁序》:"潦水尽而寒潭清,烟光凝而暮山紫。"

④潘鬓:潘岳《秋兴赋》序:"余春秋三十有二,始见二毛。"喻指年岁蹉跎。杜牧《途中逢故人话西山读书早曾游览》:"莫道少年头不白,君看潘岳几茎霜。"

七律·秋夕登高

一脉沧江横鹤影,临风俯水遍桑麻。
秋帆一渡无穷暮,山寺初凉数声鸦。
故友才别新作客①,此身便已更无家。
长安②极望疑难到,醉里梁园③亦海涯。

【注释】

①即"才别新作客的故友",为合律改。

②长安:都城的通称。

③醉里梁园:《汉书》:"会景帝不好辞赋,是时梁孝王来朝,从游说之士齐人邹阳、淮阴枚乘、吴严忌夫子之徒,相如见而说之,因病免,客游梁,得与诸侯游士居,数岁,乃著《子虚之赋》。"司马相如的本意当然不是当一个梁园里的文学侍从之士,但是"长安"既然不到,也只好眷恋"醉里梁园"了。

七律·题新买书

日日何事？但共鬼读诗，待月沽酒。时则长夜窗前，二三疏竹，披拂摇影，参差可见。或乃曙光渐侵，晓梦微寒，空山被①云，新薤垂露②。彭泽③风味，亦何过于此？

青门④深锁无人叩，闹市亦如子陵湖⑤。
长日消愁唯引酒，空囊无物为巢书⑥。
读诗但有月怜我，绕屋那得树扶疏。
一咏声传三四里，悲笳好共鬼夜哭。

【注释】

①被：同"披"。苏轼诗："岭上晴云披絮帽。"

②垂露：因为露水的缘故下垂。薤，是藠头的叶子，藠头可以吃，据汪曾祺说很好吃，未审确否。汉乐府说："薤上露，何易晞。"这是说人生如露。

③彭泽：陶渊明。陶渊明曾当过彭泽令。

④青门：汉长安城东南门。本名霸城门，因其门色青，故俗呼为"青门"或"青城门"。《三辅黄图·都城十二门》："长安城东，出南头第一门曰霸城门。民见门色青，名曰青城

门,或曰青门。门外旧出佳瓜,广陵人召平为秦东陵侯,秦破,为布衣,种瓜青门外。"沈砺《感怀》诗:"忘机白社闲挥尘,息影青门学种瓜。"这里以青门泛指隐逸的地方,即居所。

⑤子陵湖:子陵即严光,被召至京师洛阳,授谏议大夫,不受而退隐于富春山,垂钓子陵湖,后人名其钓处为严陵濑。柳亚子《感事呈毛主席》:"安得南征驰捷报,分湖便是子陵滩。"

⑥巢书,指置身于四壁图书的居室之中。

七律·夏日闲居即事

城居楼外种桑麻,照水阴长绿满纱。
中夜枕边新赋句,初晴窗下试分瓜①。
偶扶竹杖访山月,闲弄梅笛戏野花。
云绕远峰星数点,登临何处不天涯。

【注释】

①分瓜:将"瓜"字分拆像两个"八"字,隐二八之年。段成式《戏高侍郎》诗:"犹怜最小分瓜日,奈许迎春得藕时。"此处仅用字面意思,与典故无关。

七绝·寓泉州即事

寓逆旅,靠海,一条小路,可堪闲走,沿着转一转,妈祖庙极多,香火很盛。路逢老头,抱大狗坐,形容安详。道多枯枝,踩有声,很静,这声音嘎吱嘎吱地陪着我。

十步便逢妈祖庙,开门即是海涛声。
归程借问无多路,一样南音别样听。

七绝·春雨

烟随雨淡到江南,宿梦将成晓梦残。
薄雾五更人欲醒,数声清管弄馀寒。

沙碛子·中夜骤雨醒作并记

昨夜风骤，今晨雨疏，处些山曲水之间，合当引觞以酌酒，临水而濯足。良知秉烛夜游，非前贤之妄作；曲水流觞，岂吾侪之徒搴。讵能负清景而不赏，辞乐事而向学①？或乃雨洗红蕚，露滋白土；或乃香浓杜若，芳飘蘅芜；或乃池浮残翠，山沉晓青。曩失之于案牍，今得之于田畴，惟乐山水，更复奚言？

嗟夫，忆昔载酒寻花，凭轩醉月，向之所欣，有以异乎？旧游寥落，故友参商。览康乐之诗，玩右军之文，今古所娱，有以异乎？时移世易，徒为枯冢。呜呼，厉陵枯木②，焉得无感？其乐之遽而悲之永耶？其所瞩者所病者耶③？

听风吹雨过西楼。一夜夜，好梦难留。欲回首、春心未老，华发先秋。　　算来几度对清愁？寻不见、昔日风流。合归去，一蒿稠雨，数点轻舟。

【注释】

①这首词写在一个翘课去看雨的上午，故有是语。

②厉陵枯木：代指心。心如枯木，感情已经泯灭，但是依然不能不因之哀伤。庾信《小园赋》："心则厉陵枯木，发则睢阳乱丝。"

③其：大概。暱：即昵，亲近的。《说文解字》："暱，日近也"，又如相暱，就是相亲近。《郑伯克段于鄢》："不义不暱，厚将崩。"

五绝·山中暮雨

石山转苍翠,林密雨来迟。
云霭连峰暗,溪高泻水急。

倒垂柳·闲居即事

已三分暖意,更桃花、色如许。漫看春好处,何似此天气?轻舟容易渡,相载便归去。乌楼香烹酒,登临初雨新霁。　　风晴云细,也学东坡新煮芋①。枕上日初红,又照竹窗碧。词浓酒醉,偏倦人天气。渊明诗就:日涉园成趣②。

【注释】

①煮芋:苏轼被贬儋州,其子苏过以山芋煮玉糁羹,苏轼品尝后大为赞赏,写了一首诗:"香似龙涎仍酽白,味如牛乳更全清。莫将北海金齑鲙,轻比东坡玉糁羹。"另,红楼梦有:"煮芋成新赏",或曰以芋白比雪白,或曰煮芋本冬事,前一说是。按,海南岛四季如春,焉有雪天煮芋,后说殊不可解。

②陶渊明《归去来兮辞》:"园日涉以成趣,门虽设而常关。"

点绛唇

暮春,与友人听歌,深夜星疏云淡,作此篇。

旧曲新歌,调翻清醉沉难醒。冷凝红杏,炉爇香一饼。　　楼锁深寒,晓露湿花重。远山耸、疏星残梦,枕上愁千种。

解语花

霜凝远雾，露重①残枝，一带山接影。晚凉惊梦，更披衣、照月疏栏横荇②。离离草冢，望但有、曲水流冷。浓睡觉，饧眼微干，梳洗先揽镜。　　别绪愁情正盛。更与何人诉？堆来种种。文园多病③，到如今、剩有声名薄幸。尊前欲醒，纤纤手、最堪解酲④。枕簟间，半是贪欢，半是寻知命⑤。

【注释】

①重：使动，使得残枝变重。杜甫《春夜喜雨》："晓看红湿处，花重锦官城。"

②横荇：疏栏的影子如横荇。

③文园多病：文园即司马相如，有消渴病。杜甫《赠李八秘书别三十韵》："文园多病后，中散旧交疏。"可供酌参。

④解酲：醒酒。

⑤寻知命：元稹《遣悲怀》："邓攸无子寻知命，潘岳悼亡犹费辞。"这里与邓攸的典故没有多大关系。周邦彦《满庭芳》："歌筵畔，先安簟枕，容我醉时眠。"之所以流连在枕簟间，半是为了贪欢，半是因为知命如此，不如放浪形骸吧。

浣溪沙·十八日台风初晴

晚院深庭栖数鸦,西风落叶日初斜,青山碧水自天涯。鸟啭昼晴惊好梦,檐滴夜雨煮陈茶,杏帘招处即酒家。

七绝·与友步真学楼逢朱李[1]

朱果团栾[2]一树香,传观也拟戏先尝。
年年只作等闲事,比忆初逢须自伤[3]。

【注释】

[1]真学楼:格致的高三部。

[2]团栾:圆貌。王十朋《李》:"长念诗人咏子喈,团栾绕树日敧斜。"

[3]李初夏结实,一路都是熟透的李子,不留神就会踩到。年年看李子只觉得平常,想到当年初逢李树时的情状,自然有今昔之感了。

七绝·梦中得句改诗

梦中佳句偶相逢,彻夜改诗兴味浓。
收拾书笺方觉困,天光清晓到帘栊。

五律·夏日闲居即事

事惬归高卧，那堪长者车①。
但欣餐有酒，岂怨侑无鱼②。
壮志挥随尽，交游别渐疏。
陶诗吟到晚，落日在烟墟。

【注释】

①长者车：语出《史记·陈平世家》："家乃负郭穷巷，以檗席为门，然门外多有长者车辙。"车，归六鱼。

②无鱼：语出《冯谖客孟尝君》："（冯谖）居有顷，倚柱弹其剑，歌曰：长铗归来乎！食无鱼。左右以告。孟尝君曰：食之，比门下之客。"

七律·雨中游黄鹤楼口占

荆山连汉吴水回,三楚风烟到此开。
江里龟蛇①犹梦迹,滩头黄鹤非旧台②。
一川雨洗愁人泪,万里风飞倦客怀。
云卷涛声依旧唱,且倾掌上绿蚁杯。

【注释】

①江里龟蛇:长江有龟山蛇山,两山对峙,今天的黄鹤楼顶可以隐约看见长江。

②非旧台:黄鹤楼原址在湖北省武汉市武昌蛇山黄鹤矶头,始建于三国时代东吴黄武二年(223)。1981年10月,黄鹤楼重修工程破土开工,1985年6月落成,选址在距旧址约1000米的蛇山峰岭上。

七律·四月永泰即事

这是多年前的旧稿,得此,改补成之。

乍寒初暖已发花,涨绿山潭尽噪蛙。
岸柳横堤十里翠,山溪摇棹一篙斜。
小堂久筑荒松径,青垄昨开种苦瓜。
为庆饶年频劝客,满倾村酿殷勤夸。

七绝·雨中登白云阁①

万点珠飞乱打船,江楼望水水连天。
纷纷指点登高处,错认晴川②是雨川。

【注释】

①白云阁:在黄鹤楼西,地势较黄鹤楼为高,登楼可以览黄鹤楼,可以窥江景。

②晴川:晴川阁,在龟山东麓禹功矶上。崔颢《黄鹤楼》:"晴川历历汉阳树,芳草萋萋鹦鹉洲。"这里说"晴川"和"雨川"相对,是双关的说法。

读书本意在元元

八声甘州·赋得雷锋精神

算峥嵘岁月九十年,弹指一挥间。忆同生共死,军民鱼水,如到眼前。多少险关危隘,只在肯登攀。总为人民事,暗改朱颜①。　　谁手支天柱地,遍红旗招展,赤色江山。更改革春雨,点点润人间。到如今、东风吹暖,处处是、凤色舞翩跹。同心干、辉煌壮业,直上云端。

【注释】

①这里是说为了人民事业献身。

古风·赋得雨

物候初新未解晴,城头望云云满城。
湛湛①沧江自不平,风吹木叶乱纵衡②。
戍楼一顾山尽黑③,行人相觑不觉逢。
天擂羯鼓星河动,雨涌琵琶瀚海摇。
妖童少年走争避,青槐横绝倾三条④。
长柯折栾⑤竞蔽日,临牖凭櫺⑥不见天。
飞鞔⑦扬水相击面,污衣蓬头对无言。
君不见阴山麦黄垄尽旱,何况阴山北更边?
安得长驱玄冥北⑧,直到青海玉门间⑨!

【注释】

①湛湛:水深貌。《楚辞·招魂》:"湛湛江水兮上有枫,目极千里兮伤春心。"

②纵衡:横竖交错。

③黑:这里读去声,读如"褐"。

④三条:即三条路,指京城三条大道,泛指通衢。卢照邻《长安古意》:"南陌北堂连北里,五剧三条控三市。"

⑤折栾:栾即杙,房屋的屋梁。韩愈《进学解》:"夫大木为栾,细木为桷。"折栾极写风力雨势之大,连屋梁都因之

垮塌。

⑥临牖冯槛：冯即凭，牖，窗户；槛，窗格。曹植《杂诗七首》："飞观百余尺，临牖御槛轩。"

⑦飞鞚：快跑奔驰的马。杜甫《丽人行》："黄门飞鞚不动尘，御厨络绎送八珍。"《八哀诗》："箭出飞鞚内，上又回翠麟。"这里借指奔驰的车。

⑧玄冥北：玄冥，神名，水神、雨神。张衡《思玄赋》："前长离使拂羽兮，委水衡乎玄冥。"北，动词，长驱雨神使之向北。

⑨晴、城、平、衡、逢；摇、条；天、言、边、间，押韵。倾三条，三平尾。竞蔽日、垄尽旱，三仄尾。妖童以下平头。

七律·读抗日战争史

卢沟烽火传南北,胡骑豺狼乱当涂。
欲试腰中青羽箭,何惜项上好头颅。
成仁取义多壮士,覆地翻天岂腐儒。
烟迹劫痕今尚在,江山回首亦惊殊。

七律·读史有怀

面壁经年图会通①,身非君子道恒穷②。
兴亡成败资鉴事,豕亥鲁鱼③勘校功。
读史须脱形物外,作文元在胸襟中。
而今胜迹登临处,孰谓河山转首空④。

【注释】

①面壁,潜心苦学。会通,通会古今,这是中国史学的传统。

②《论语》:"君子固穷,小人穷斯滥矣。"穷,不得志,犹言"道不行,乘桴浮于海"。

③豕亥鲁鱼:古书传抄中的错讹,需要校勘工作来进行校正。《吕氏春秋·察传》:"有读史记者曰:'晋师三豕涉河。'子夏曰:'非也,是己亥也。夫己与三相近,豕与亥相似。'"

④孟浩然《与诸子登岘山》:"人事有代谢,往来成古今。江山留胜迹,我辈复登临。"

稚子敲针作钓钩

七律·咏物分题赋得鸡

芙蓉玉帐惊浓睡,刁斗①寒风两相磨。
汉苑晨星催禁夜,秦城晓月动征铎②。
雨中③埘上④千种怨,桑顶⑤边⑥云一阕歌。
最恨昨宵春梦好,方才携手便啼哦⑦。

【注释】

①刁斗:军中的器具,白天可供炊爨,夜间敲击以巡更。鸡唱时,刁斗、寒风的声音也混杂了。

②温庭筠《商山早行》:"晨起动征铎,客行悲故乡。鸡声茅店月,人迹板桥霜。"

③雨中:《诗经·郑风·风雨》:"风雨凄凄,鸡鸣喈喈,既见君子。云胡不夷?风雨潇潇,鸡鸣胶胶。既见君子,云胡不瘳?风雨如晦,鸡鸣不已。既见君子,云胡不喜?"

④埘上:《诗经·王风·君子于役》:"君子于役,不知其期。曷至哉!鸡栖于埘,日之夕矣,羊牛下来。"这两首诗都是怨妇思念丈夫的作品,因此说"千种怨"。

⑤桑顶:陶渊明《归园田居》:"狗吠深巷中,鸡鸣桑树颠。"

⑥云边:梅尧臣《鲁山山行》:"人家在何许?云外一声鸡。"

⑦这里是说鸡在梦正好时啼叫。

鹤冲天·质检后作

渊云才气①,暂把博一笑。牙板暗弹个,寄生草。一样疏狂客,权共我、贪欢好。休怪虚名了。懒看墨卷,且让榜头年少。 浮生但恨春天老。何时一相见,开怀抱?剩有林泉下,约已久、都飘缈②。便把三径扫。寻桃偎杏,对人卖弄新俏。

【注释】

①渊云:王褒和扬雄的并称。王褒字子渊,扬雄字子云,皆以赋著称。这里是说所谓渊云的才气,也难免"黄金榜上,偶失龙头望。"那还是填词博人一笑吧。

②林泉约,指的是退隐之约,柳永《满江红》:"平生况有林泉约。归去来,一曲仲宣吟,从军乐。"

忆少年·拟十八相送祝英台作①

市桥风晚,别帆路远,渔歌残照。兰舟望回处,但岸烟缠绕。　　满眼残荷秋又老,凭谁弄、几声吴调。江天去欲尽,问雁飞怎到?

【注释】
①拟作:摹仿别人风格或以别人的口吻写的作品。

七律·冬夜病中

病中与旧友谈,因作。

残夜漫谈逐日事,年来已是懒回头。
惭思宗悫①收通鉴,尚念燕然②拭钝钩。③
岁暮但携身满病,长宵谁记梦多愁?
徒将枕上千寻泪,换取人间白玉楼④。

【注释】

①宗悫:东晋名将,"英果权奇,智略深赡,名震中土,勋畅遐疆。"王勃《滕王阁序》:"有怀投笔,慕宗悫之长风。"

②燕然:古山名,即今杭爱山。东汉永元元年,车骑将军窦宪领兵出塞,大破匈奴,登燕然山,刻石勒功,即所谓"燕然勒功"。陈子昂《送魏大从军》:"勿使燕然上,惟留汉将功。"

③钝钩,宝剑名。

④白玉楼:李贺昼见绯衣人,云"帝成白玉楼,立召君为记。天上差乐,不苦也。"这里是说但愿换得人间"差乐"的境地。

七绝·题画竹扇面

窗前数茎入云间,神气由来非等闲。
好把移将栽纸上,潇潇雨意护云山。

咏史二首

七绝·伍子胥

含悲忍涕去潇湘①，碧血何须洒吴江②。
悬首到今应有泪③，千秋空惹唱未央④。

七律·吴三桂

一自红妆刀下死，三军夜有鬼声哭⑤。
江山异代城犹在，天子新朝恩已疏⑥。
降帜重招多旧部，壮麾到处岂独夫⑦？
西风黄犬⑧穷途暮，应恨当时别五湖⑨。

【注释】

①潇湘：湘江与潇水的并称，即今湖南地区，古楚地。伍子胥之父伍奢被奸臣诬陷，伍子胥因而逃出楚地，离开昭关。

②吴江：吴国。伍子胥逃到吴国去，帮助吴国称霸。伯嚭向夫差进谗言，诬陷伍子胥有谋反之心。夫差听信伯嚭，赐死伍子胥，赠剑令他自尽，伍子胥自刎。

③《史记·伍子胥列传》："伍子胥仰天叹曰：'嗟乎！谗臣嚭为乱矣，王乃反诛我。我令若父霸。自若未立时，诸公子

争立，我以死争之於先王，几不得立。若既得立，欲分吴国予我，我顾不敢望也。然今若听谀臣言以杀长者。'乃告其舍人曰："必树吾墓上以梓，令可以为器；而抉吾眼县（同"悬"）吴东门之上，以观越寇之入灭吴也。'乃自到死。"

④唱未央：《未央宫》一折是名戏，京剧这一折中，韩信被骗到未央宫，在宫门对萧何有唱段："相国，事到如今，我倒想起一个人来了……吴王他杀了那伍子胥。说什么忠臣死的苦，道什么功臣死的屈，似这样汗马的功劳前功尽弃，难道我今天要学伍子胥，也要身首离。"

⑤或载，吴三桂在明末政治投机中，本来选择了闯王李自成，但是一听说其妾陈圆圆被掳掠，即打着"复君父之仇"的旗号，乞师击李。所以清朝人的《圆圆曲》说："恸哭六军俱缟素，冲冠一怒为红颜。"实际上关于陈圆圆的死，说法纷纭，莫衷一是，有人说陈圆圆是在吴三桂与李自成议和中被杀的，所以陈圆圆一死吴三桂即举兵反李，有人说陈圆圆死在吴三桂死后。这里红妆指陈圆圆，采前说。既然打仗，当然"三军夜有鬼声哭"了。

⑥吴三桂投降之后，清廷本就对他有所防备。而康熙帝又要削藩，吴三桂、尚可喜、耿精忠三藩的力量被逐步削弱，更让吴三桂感到疑忌。所以这里说"天子恩疏"，是吴三桂起兵之因。

⑦康熙十二年（1673）十一月，吴三桂诛杀云南巡抚朱国治，自称天下都招讨兵马大元帅，起兵造反。反叛之初，福建靖南王、广东平南王和吴三桂在各地的党羽如四川之郑蛟

麟、谭弘、吴之茂,广西之罗森、孙延龄,陕西之王辅臣,河北之蔡禄等先后揭起叛旗,纷纷响应。

⑧西风黄犬:《史记·李斯列传》:"二世二年七月,具斯五刑,论腰斩咸阳市。斯出狱,与其中子俱执,顾谓其中子曰:'吾欲与若复牵黄犬俱出上蔡东门逐狡兔,岂可得乎!'遂父子相哭,而夷三族。"这里借此典说吴三桂早知今日,何必当初。

⑨五湖:春秋末,越大夫范蠡,辅佐越王勾践,灭亡吴国,功成身退,乘轻舟以隐于五湖。吴三桂若能懂得这个道理,又何必眷恋穷城,身死而为天下笑?恨,遗憾,后悔。

七律·戏撰加减汤剂

一夜闲谈,次日风邪外感,牙龈肿痛,自撰加减柴葛汤,戏为诗赠友人。

长宵月旦①多风雨,为感风邪齿复疮。
扁鹊自充方戏下,巨伯君学②药堪尝。
水倾牛饮三遗矢③,汤重丹枝一味香。
若到怡红合借问,煎烟可共燕脂芳④?

【注释】

①月旦:庄词谐用,原意为评论人物,这里不过是闲谈。《后汉书》:"劭与靖俱有高名,好共覈论乡党人物,每月辄更其品题,故汝南俗有'月旦评'焉。"劭,徐劭;靖,李靖。

②巨伯:用《世说新语》所录荀巨伯视疾典故,这也是谐用。学,去声。

③牛饮,豪饮。三遗矢,当然是《廉颇蔺相如列传》的典故,这里去其本意,只用牛饮以利下泉之意。另按,柴葛汤中并无桂枝,这里不过顺笔写来。

④《红楼梦》:"宝玉道:'药气比一切的花香果子香都

雅。神仙采药烧药，再者高人逸士采药治药，最妙的一件东西。这屋里我正想各色都齐了，就只少药香。'"这里用这一典故。

七绝·读《三国志·三嗣主传》

夜读《三嗣主传》,至孙皓降①,真觉涕泪满纸。继思南渡衣冠回望中原,亦如此日之哀。"潮打空城寂寞回",千古同悲,诗一首咏之。

风月楼台空旧梦,坚城铁锁几度开。
石头胜地今犹在,南渡衣冠真可哀②。

【注释】
①孙皓在建康(南京)投降,封为归命侯。
②南渡衣冠:西晋末,五胡入华,晋元帝建都建康,中原士族相随南逃。

七律·咏手

雪腕霜肤凝有香,抽丝剥线绣鸳鸯。
常凭书砚浓磨墨,惯对菱花淡理妆①。
弦上方知葱管细②,棋中更觉笋根长③。
平生未试阳春水④,也为思君自作汤。

【注释】

①"雪腕霜肤"破题,次句、颔联是在闺中女子的日常活动中写手。

②葱管细:这里是形容女子的手指,葱管长、白(葱白部分),正像女子的手指。以前把手指比作柔荑,也是用了草木嫩芽的这一特点。弦上方知,女子弹琴的时候更觉得指头修长。《孔雀东南飞》:"指若削葱根,口若含朱丹。"顾况《李供奉弹箜篌歌》:"指剥葱,腕削玉。"欧阳修词:"慢捻轻笼,玉指纤纤嫩剥葱。"《红楼梦》:"(晴雯)将左手上两根葱管一般的指甲齐根铰下。"另《红楼梦》还把人比作"一把水葱儿",形容年轻的女孩子,也很贴切。

③笋根长:形容女子的手像新笋一样,细白而尖长。棋中,下围棋拈棋用两根指头,因此更显得手的美处。关汉卿《双调碧玉箫》:"红袖轻揎,玉笋挽秋千。"又《四块玉》:

"我不曾将你玉笋汤。他又早星眼睁。"汤,犹言揩油,乘人不注意摸一摸女子的手。也有用手反过来比笋的,袁宏道诗:"便与唤名西施腕,较他舌乳更清新。"这是写笋的诗,把笋叫作"西施腕"。

④阳春水:阳春三月的水,以之洗濯,指家务劳作。这个意思大概是现代人用的,词汇的语义场是会变化的,用现代的意义,并不影响诗境的构造。

诗钟分咏格三联

分题游戏拈得此,一笑。

东坡/肉　奏刀响处委泥土①,倚杖醉时听涛声②。
金瓶/梅　案前插莲何须绿,枝头映雪分外红。
泰山/桃　中州一脉分齐鲁,夹岸千株锁花源③。

【注释】

①《庄子·养生主》载庖丁解牛:"謋然已解,如土委地。"

②苏轼词:"夜饮东坡醒复醉,归来仿佛三更。家童鼻息已雷鸣。敲门都不应,倚杖听江声。"

③用《桃花源记》。

七律·咏蟹

将军长戟今何在？尚拟横戈缚不松①。
船载竹篓盛暮雨，水隔笼屉煮秋风。
堆盘巨跪②双螯紫，盈手肥膏一壳红。
最是黄菊邀诗兴，江村白酒味更浓。

【注释】

①形容螃蟹在篓中被绳子紧缚，犹然张牙舞爪的样子。

②跪：螃蟹的腿。《荀子·劝学》："蟹六跪而二螯"，或曰应是蟹八跪，或曰前腿叫螯，后腿叫跪。王安石诗："故烦分巨跪，持用佐清糟。"

五律·夏日戏为五律

浮生三万日,消暑四十天。
长昼饱吃饭,良宵深睡眠。
贪嗔随分尽,物我等齐观。
借问云何住,但须一念间①。

【注释】

①《金刚经》:"善男子善女人,发阿耨多罗三藐三菩提愿,应云何住,云何降伏其心?"世尊回答:"于法应无所住而生其心,离一切相,不执取一切法。"

七绝·读史南史列传之七十贼臣传侯景

北国曾多王谢苑,江陵非复旧楼台。
而今帐里争春客,岂是高门佳偶才①。

【注释】

①《南史》载,侯景求娶于王谢,帝曰,王谢门高非偶,景陷建康,乃哀剥富室。江宁为北周所据,南国之势遂衰。当年的高门女子,嫁入北方寒门,至有流落军营者。

七绝·武汉长江大桥夕望

回绕巫峰①入楚山,瞿塘②续断汉江连。
龟蛇对望一川静,馀日滩头看更圆。

【注释】

①巫峰:巫山,在重庆湖北交界地带,巫峡绕巫山,长江自此入荆门。

②瞿塘:即夔峡。西起四川奉节,东至巫山大溪,是长江三峡第一峡。瞿塘在长江干流,以下水流湍急,渐次入湖北则江水平缓。汉江为长江支流,于武汉汇入长江。

附录

斗象棋檄①

时方仲秋,岁在辛丑,假象棋令、博弈官、樗蒲门下行走,司酒令右将军,投壶左丞相②某令:

夫不如博弈者,无所用心也③。日曝而十日寒,固亦非也④;玩物而不得之,何所厚哉。排棋满秤,李仆射弄而息怒⑤;布局非旧,王景文困而犹斗⑥。学战堪为师法⑦,教子足以字幼⑧。

况若两分河界,舍曹刘其谁敌;一统江山,非尧舜实未能。三战三北,虽纯孝其不赦⑨;七放七擒,唯深谋其有恒⑩。指挥如意,绝漠外被坚执锐;气度风流,方寸间合纵连横。受战期门,骄将穷途何往⑪;飞截谷口,奇兵所用非轻。落子方才定,干戈便相争⑫。

然则主将中门,岂容有二?苟非列地图分,即是县⑬旗求战。秋鬓冯唐,击虏之心犹存⑭;白发李广,逐寇之志未减⑮。防火烧于博望,马驻河头⑯;畏水淹于大梁,车巡江干⑰。霜刃才接,青锋遽断。即强弱之已分,讵金城之可犯?纵长离之无嗣,岂神器之宜篡[18]？

不期雄兵难恃，主将受欺。五卒乍死，两士旋危。炮路险阻，道萦纡而不进；相怀凄怆，心郁悒而莫栖[19]。车长驱而欲入，马回转而相逼。情《哀郢》之可怨[20]，诚《黍离》之可悲[21]。

呜呼，宁可使将军久覆，壮士徒没？乃招剑客之魂，重整伏龙之索。一去绝国，伐鼓催成昭君怨；三边雪海，吹笛声里梅花落[22]。宣昭帝登城度兵，势非曩时[23]；陶桓公横军欲战，情何更迫[24]！

若顺天知命，纳降归恩，犹得全身保年。苟若哓哓不休，欲以军试刃，则伐罪之兵一至，求和之申即迟。手谈终局，断无可返之卒，不拔之寨也。欲问人间事，须待柯烂时。君其详之[25]！

【注释】

①斗象棋檄：这是一类游戏文字，檄文本是战时两军所用，为游戏之事作的檄文是游戏之作。

②行走，官名。樗蒲，一种棋类游戏。假，代理。司，掌管。这一串官名是虚造的，有寓谐于庄的表达效果。

③无所用心也：《论语·阳货》："子曰：'饱食终日，无所用心，难矣哉！不有博弈者乎，为之犹贤乎已。'"博弈，博是掷骰子，弈是围棋。

④《孟子·告子上》:"无或乎王之不智也。虽有天下易生之物也,一日暴之,十日寒之,未有能生者也。吾见亦罕矣,吾退而寒之者至矣,吾如有萌焉何哉?今夫弈之为数,小数也;不专心致志。则不得也。"即使是学习博弈,一日曝而十日寒,本就是难以取得成就的。

⑤钱易《南部新书》:"李讷仆射性卞急,酷尚弈棋,每下子安详,极于宽缓。往往躁怒作,家人辈则密以弈具陈于前,讷睹便忻然改容,以取其子布弄,都忘其恚矣。"李讷,大概是唐代宗时人。

⑥王景文,即王彧,南朝刘宋人,门族强盛,被皇帝猜忌。《南史》:"泰豫元年春,上疾笃,遣使送药赐景文死……因手诏曰:'与卿周旋,欲全卿门户,故有此处分。'敕至之夜,景文政与客棋,扣函看,复还封置局下,神色怡然不变。方与客棋思行争劫竟,敛子内奁毕,徐谓客曰:'奉敕见赐以死。'方以敕示客。……乃墨启答敕,并谢赠诏。酌谓客曰:'此酒不可相劝。'自仰而饮之。"因而犹斗,虽然被赐死,犹然斗棋不废。

⑦谢在杭《五杂俎》载:"象戏,相传为周武伐纣时作,即不然,亦战国兵家者之流,盖彼时犹重车战也。"象棋起源于对战争的模拟,所以说"学战堪为师法"。

⑧清张惠春编象棋谱《韬略元机》序文云:"尝闻帝尧以围棋教丹朱,而舜亦以之教商均。二帝不以天下传其子而以戏局授之,何哉?盖世事无非棋也。"按查:尧以棋教子丹朱,大概最早始见于张华的《博物志》。韵脚:厚、斗、幼。

⑨北：战败逃窜。《韩非子·五蠹》："鲁人从君战，三战三北。仲尼问其故，对曰：'吾有老父，身死，莫之养也。'仲尼以为孝，举而上之。以是观之，夫父之孝子，君之背臣也。"这是对下的口吻，严明军纪，务求取胜。

⑩诸葛亮擒孟获，七放七擒。这里是说应观照全局，可以让小利以夺全局之胜利，不可因为争夺一子而导致全局失利。

⑪李华《吊古战场文》："吾想夫北风振漠，胡兵伺便。主将骄敌，期门受战。"上句说骄将，是斥对方必败；下句说奇兵，是指自己必胜。

⑫韵脚：能、恒、横、轻、争。

⑬县：今"悬"字。顺及，上句的"列地"即"裂地"。

⑭《史记·冯唐列传》："是日令冯唐持节赦魏尚，复以为云中守，而拜唐为车骑都尉，主中尉及郡国车士……武帝立，求贤良，举冯唐。唐时年九十余，不能复为官。"冯唐渴望建功立业，算下来一生抱负也没有施展。

⑮《史记·李将军列传》："大将军、骠骑将军大出击匈奴，广数自请行。天子以为老，弗许；良久乃许之，以为前将军。……军亡导，或失道，后大将军。……遂引刀自刭。广军士大夫一军皆哭。百姓闻之，知与不知，无老壮皆为垂涕。"

⑯博望：古山名。即今安徽当涂东梁山，与和县西梁山隔江相对如门，故又称天门山。历来为攻守要地。诸葛亮火烧博望，大败曹军，是其出山以后第一战。

⑰大梁：战国魏都。在今河南省开封市西北。《史记·魏世家》："秦之破梁，引河沟而灌大梁，三月城坏，王请降，

遂灭魏。"

⑱长离：凤凰，代指帝位。庾信《小园赋》："遂乃山崩川竭，冰碎瓦裂，大盗潜移，长离永灭。"这里指的是自己故国南梁的灭亡。神器：代表国家政权的实物，借指帝位、政权。骆宾王《讨武曌檄》："犹复包藏祸心，窥窃神器。君之爱子，幽之于别宫；贼之宗盟，委之以重任。"韵脚：战、灭、干、断、犯、篡。

⑲这里都是说棋败的景象。郁悒，心情郁结不解，屈原《离骚》："忳郁邑余侘傺兮，吾独穷困乎此时也。"

⑳情，即诚，确实是。《哀郢》，郢是楚国的国都，《哀郢》记录了诗人离别郢都当时和流亡途中的沉痛心情，生动地抒发了诗人热爱祖国、思念故乡和同情人民的深厚感情。

㉑《毛诗序》："《黍离》，闵宗周也。周大夫行役至于宗周，过故宗庙宫室，尽为禾黍。闵周室之颠覆，彷徨不忍去，而作是诗也。"黍离之悲即指亡国之痛。这两句讲的是输棋的悲痛，以亡国之悲比输棋之悲，起到诙谐的效果。韵脚：欺、危、栖、逼、悲

㉒昭君怨、梅花落，都是笛子的曲牌名，这里是双关，上句"昭君怨"是点边关，下句"梅花落"是点时令。

㉓宣昭帝：苻坚是前秦世祖宣昭皇帝。曩时，从前。苻坚在位前期，以军事力量消灭北方多个独立政权，统一北方，与东晋南北对峙。建元十九年（838），兴兵南下，发动淝水之战。意图消灭东晋，一统天下。最终败给东晋谢安，"八公山上，草木皆兵"。这里是说八公山上，苻坚所见的局势已是败

军之际了,即形容对手之必败。

㉔陶桓公:陶侃,东晋平叛将领。咸和二年(327),苏峻、祖约之乱爆发,陶侃于次年被推为盟主,与江州刺史温峤等组建西方义军,成功讨平叛乱。李商隐《重有感》:"窦融表已来关外,陶侃军宜次石头。"韵脚:没、索、落、迫。

㉕君其详之:这是檄文的套话,即希望您详加省察。